BIBLIOTECA DE HOGWARTS

Nombre	Fecha de devolución
R Weasley tonto	0 8 ENE
n. longbottom	1 8 FEB
S. Bones mola	0 4 MAR
H. granger	1 4 MAR
Padma Patil	2 4 MAR
E Macmillan	2 9 MAR
M. Bulstrode	1 3 ABR
H. granger	0 2 MAY
D. Malfoy	0 5 MAY

Aviso: Si rompes, desgarras, doblas, arrugas, estropeas, manchas, emborronas, tiras o haces cualquier otra cosa que dañe, arruine o demuestre falta de respeto por este libro, las consecuencias serán tan desagradables como esté en mi poder.

Irma Pince, bibliotecaria de Hogwarts

LA OPINIÓN DE LA CRÍTICA SOBRE
Quidditch a través de los tiempos

«La cuidadosa investigación de Kennilworthy Whisp ha revelado un verdadero tesoro con el hallazgo de hechos desconocidos hasta la fecha sobre el deporte de los magos. Una lectura fascinante.»

Bathilda Bagshot, autora de
Una historia de la magia

«Whisp ha creado un libro verdaderamente ameno; los fanáticos del quidditch pueden estar seguros de que lo encontrarán tan instructivo como entretenido.»

Editor de *El mundo de la escoba*

«La obra definitiva sobre los orígenes y la historia del quidditch. Totalmente recomendable.»

Brutus Scrimgeour, autor de
La biblia de los golpeadores

«El señor Whisp emerge como un autor prometedor. Si mantiene el nivel de exigencia, ¡podría acabar compartiendo una foto conmigo!»

Gilderoy Lockhart, autor de *El encantador*

«Les apuesto lo que quieran a que este libro será un superventas. Vamos, apuesten lo que quieran.»

Ludovic Bagman, golpeador de la selección
de Inglaterra y de las Avispas de Wimbourne

«He leído cosas peores.»

Rita Skeeter, *El Profeta*

QUIDDITCH
A TRAVÉS DE
LOS TIEMPOS

KENNILWORTHY
WHISP

QUIDDITCH
A TRAVÉS DE
LOS TIEMPOS

KENNILWORTHY
WHISP

POR
J.K. ROWLING

salamandra

en colaboración con

Whizz Hard
Books

Callejón Diagon, 129 B, Londres

Título original: *Quidditch Through the Ages*

Traducción: Alicia Dellepiane

Copyright del texto © J.K. Rowling, 2001
Copyright de las ilustraciones y las anotaciones manuscritas © J.K. Rowling, 2001
Copyright de la edición en castellano © Ediciones Salamandra, 2001

Publicaciones y Ediciones Salamandra, S.A.
Almogàvers, 56, 7º 2ª - 08018 Barcelona - Tel. 93 215 11 99
www.salamandra.info

Comic Relief fue fundado en 1985 por un grupo de comediantes ingleses para recaudar fondos destinados a proyectos que promovieran la justicia social y contribuyeran a detener la pobreza. Todo lo que Comic Relief recibe del público se dedica a los más necesitados a través de reconocidas organizaciones internacionales, tales como Save the Children y Oxfam. El dinero generado por las ventas mundiales de este libro se destinará a las comunidades más vulnerables de los países más pobres.
Comic Relief es una institución benéfica registrada con el número: 326568.

ISBN: 978-84-9838-269-3
Depósito legal: B-17.823-2015

1ª edición, junio de 2010
12ª edición, enero de 2016
Printed in Spain

Impreso y encuadernado en:
RODESA - Pol. Ind. San Miguel. Villatuerta (Navarra)

Agradecemos a J.K. Rowling que haya escrito
este libro y que haya donado todos sus derechos
de autor a Comic Relief.

Índice

Índice

Prólogo

Quidditch a través de los tiempos es uno de los títulos más populares en la biblioteca del Colegio Hogwarts. La señora Pince, nuestra bibliotecaria, me ha contado que lo manosean, lo babean y en general lo maltratan casi todos los días: un verdadero cumplido para cualquier libro. Quienes jueguen o sigan partidos de quidditch con regularidad, disfrutarán con el libro del señor Whisp, como lo hacemos quienes estamos interesados en otros aspectos de la historia de la magia. Nosotros hemos desarrollado el juego del quidditch, y él nos ha desarrollado a nosotros. El quidditch aglutina a brujas y magos de toda condición, nos reúne para compartir momentos de regocijo, triunfo y (para aquellos que apoyan a los Chudley Cannons) desesperación.

Debo admitir que me costó un poco persuadir a la señora Pince de que se desprendiera de uno de sus libros para que pudiera ser reproducido y destinado a un consumo más amplio. De hecho, cuando le dije que estaría a disposición de los muggles, enmudeció y no se movió ni parpadeó en varios minutos. Cuando se recuperó, fue lo bastante precavida para preguntarme si había perdido la razón. Me alegró poder tranquilizarla en ese punto y procedí a explicarle los motivos de esta inaudita decisión.

Prólogo

Los lectores muggles no necesitarán una presentación del trabajo de Comic Relief, pero ahora voy a repetir la explicación que le ofrecí a la señora Pince en beneficio de las brujas y los magos que hayan comprado este libro. Comic Relief utiliza la risa para luchar contra la pobreza, la injusticia y las catástrofes. Esta difusión generalizada de la diversión se convierte en grandes sumas de dinero (casi 700 millones de euros desde que comenzaron a trabajar en 1985, unos ciento quince millones de galeones). Al comprar este libro —y debo aconsejarte que lo compres, porque, si lo lees demasiado tiempo sin haberlo pagado, descubrirás que has caído bajo la maldición de los ladrones— tú también contribuirás a esta misión mágica.

Estaría engañando a mis lectores si les dijera que esta explicación hizo que la señora Pince se alegrara de ofrecer un libro de la biblioteca a los muggles. Me sugirió varias alternativas, tales como decirle a la gente de Comic Relief que la biblioteca se había quemado o que simplemente hiciéramos como si me hubiera muerto de repente sin dejar instrucciones. Cuando le dije que prefería mi plan original, accedió de mala gana a entregarme el libro; aunque, en el momento de hacerlo, la traicionaron los nervios y tuve que desasirle uno a uno los dedos con que aferraba el lomo del libro.

Pese a que he eliminado de esta obra los acostumbrados encantamientos de los volúmenes de la biblioteca, no puedo prometer que no quede algún vestigio. Se sabe que la señora Pince añade maleficios raros a los libros que tiene a su cargo. El año pasado, yo mismo hice distraídamente unos garabatos en un ejemplar de *Teorías de la transformación transustancial* y al momento me encontré con que el libro me golpeaba ferozmente en la cabeza. Por favor, trata este libro con cuidado. No rom-

pas sus páginas, no lo dejes tirado en el cuarto de baño: no puedo asegurarte que la señora Pince no se abalance sobre ti, dondequiera que estés, y te exija una multa cuantiosa.

Sólo me resta darte las gracias por tu apoyo a Comic Relief y suplicar a los muggles que no intenten jugar al quidditch en sus casas ya que, por supuesto, es un deporte totalmente ficticio y nadie lo juega realmente. También aprovecho esta oportunidad para desear la mejor de las suertes al Puddlemere United en la próxima temporada.

Capítulo 1

La evolución de
la escoba voladora

Todavía no se ha inventado ningún encantamiento que permita a los magos volar en su forma humana sin medios adicionales. Aquellos pocos animagos que se transforman en criaturas aladas pueden disfrutar del vuelo, pero son una rareza. Cuando una bruja o un mago se ven transformados en murciélago, pueden volar. No obstante, al tener cerebro de animal, casi siempre olvidan adónde querían ir tan pronto como emprenden el vuelo. Levitar es algo trivial; nuestros ancestros no se conformaban con flotar en el aire a cinco metros del suelo. Querían algo más. Querían volar como pájaros, pero sin las molestias de que les salieran plumas.

Hoy día estamos tan acostumbrados al hecho de que haya al menos una escoba voladora en todos los hogares de magos de Inglaterra que rara vez nos detenemos a preguntarnos el motivo. ¿Por qué la humilde escoba se ha convertido en el único objeto legalmente permitido como medio de transporte para los magos? ¿Por qué en Occidente no se adoptó la alfombra, tan apreciada por nuestros hermanos de Oriente? ¿Por qué no elegimos hacer toneles voladores, sillones voladores, bañeras voladoras? ¿Por qué escobas?

Las brujas y los magos eran lo bastante perspicaces para darse cuenta de que sus vecinos muggles tratarían de utilizar sus poderes si llegaban a conocer todo su alcance, de modo que los ocultaron mucho antes de que se aprobara el Estatuto Internacional del Secreto de los Brujos. Si iban a guardar en sus casas un medio para volar, necesariamente debía ser algo discreto, algo fácil de esconder. La escoba era ideal para ese propósito; no había que buscar explicaciones ni excusas si los muggles la encontraban, eran fáciles de llevar y, además, baratas. Sin embargo, las primeras escobas encantadas para que pudieran volar tenían sus inconvenientes.

Existen documentos que demuestran que brujas y magos de Europa ya usaban escobas voladoras en el año 962 de la era cristiana. Un manuscrito iluminado alemán de esa época muestra a tres magos con una expresión de notable incomodidad en el rostro tras desmontar de sus escobas. Guthrie Lochrin, un mago escocés, escribía en 1107 que tenía «las posaderas llenas de astillas y hemorroides hinchadas» después de un corto viaje en escoba voladora desde Montrose hasta Arbroath.

Una escoba voladora de la Edad Media que se exhibe en el Museo del Quidditch de Londres nos permite hacernos una idea de la incomodidad a que se refería Lochrin (véase la figura A). Una escoba construida a partir de una gruesa rama nudosa de fresno sin barnizar, con varillas de avellano atadas toscamente a un extremo, no es ni cómoda ni aerodinámica. En consonancia, los encantamientos que posee son también muy básicos: sólo puede ir hacia delante, siempre a la misma velocidad; el resto de funciones que incluye son subir, bajar y detenerse.

Como las familias de magos de la época se fabricaban sus propias escobas, había enormes diferencias de velocidad, comodidad y maniobrabilidad entre los trans-

portes de que disponían. Sin embargo, en el siglo XII los magos habían adoptado el trueque de servicios, de manera que un habilidoso fabricante de escobas podía intercambiarlas por las pociones que se le daban mejor a su vecino. Una vez que las escobas voladoras se hicieron más cómodas, empezamos a volar por placer, más que meramente para trasladarnos del punto A al punto B.

Fig. A

Capítulo 2

Antiguos juegos de escobas voladoras

Los deportes con escobas surgieron una vez que los palos hubieron mejorado lo bastante para permitir que los conductores variaran la altitud, velocidad y dirección en el aire. Gracias a antiguos textos y cuadros centrados en temas mágicos, tenemos alguna noción de los juegos que practicaban nuestros antepasados. Algunos ya no existen y otros han sobrevivido o evolucionado hasta convertirse en los deportes que actualmente conocemos.

La famosa **carrera anual de escobas** de Suecia se remonta al siglo X. Los competidores volaban de Kopparberg a Arjeplog, una distancia de unos 500 kilómetros. La ruta atravesaba una reserva de dragones y el gran trofeo de plata tenía la forma de un hocicorto sueco. En el presente, la carrera es un acontecimiento internacional, y magos de todos los países se congregan en Kopparberg para animar en la línea de salida y se aparecen en Arjeplog, donde aclaman a los supervivientes.

El famoso cuadro *Günther der Gewalttätige ist der Gewinner* (*Gunther* el Violento *es el ganador*), fechado en 1105, muestra el antiguo juego alemán del **stichstock**. Un poste de seis metros de alto estaba coronado por una vejiga de dragón inflada. Un jugador montado en una escoba tenía la misión de protegerla. El guardián o guar-

diana de la vejiga estaba atado por la cintura al poste mediante una soga, de manera que no podía alejarse más de tres metros. Los jugadores restantes debían volar por turnos hasta la vejiga e intentar pincharla con la punta especialmente afilada de sus escobas. El guardián de la vejiga tenía permiso para utilizar su varita mágica con el objeto de rechazar esos ataques. El juego terminaba cuando uno de los jugadores lograba perforar la vejiga, o cuando el guardián conseguía anular a todos los adversarios con sus maleficios o bien éstos caían agotados. En el siglo XIV, el juego del stichstock declinó hasta desaparecer.

En Irlanda floreció el juego del **aingingein**, tema de muchas baladas irlandesas (cuenta la leyenda que el mítico mago Fingal *el Temerario* era todo un campeón). Uno por uno los jugadores debían atrapar la dom o pelota (en realidad una vesícula biliar de cabra) y pasar a toda velocidad a través de una serie de toneles ardientes colocados a gran altura sobre postes. La dom debía ser arrojada a través del último tonel. El jugador que tardara menos en cruzar con la dom a través del último tonel sin quemarse en el trayecto era el ganador.

Escocia fue la cuna del que probablemente sea el más peligroso de todos los juegos de escoba: el **creaothceann**. Un poema trágico del siglo XI menciona el juego. La primera estrofa, traducida del original en gaélico, dice así:

> *Los jugadores se reunieron,*
> *doce hombres bravos y apuestos.*
> *Se ataron sus calderos,*
> *se prepararon para ascender.*
> *Al sonido del cuerno,*
> *levantaron raudos el vuelo.*
> *Pero al albur del destino,*
> *diez habrían de fenecer.*

Los jugadores de creaothceann llevaban un caldero atado a la cabeza. Al sonido del cuerno o el tambor, hasta un centenar de cantos rodados y rocas que habían sido suspendidos en el aire a unos treinta metros del suelo mediante un hechizo se precipitaban hacia la tierra. Los jugadores pasaban a toda velocidad y procuraban atrapar todas las rocas que podían en sus calderos. Dado que muchos magos escoceses sostenían que el creaothceann constituía la prueba suprema de virilidad y coraje, el juego gozó de mucha popularidad durante la Edad Media pese a la enorme cantidad de muertes que causaba. Este juego se declaró ilegal en 1762 y, aunque Magnus *Cráneo Abollado* Macdonald encabezó una campaña para reintroducirlo en 1960, el Ministerio de Magia jamás ha levantado la prohibición.

El **shuntbumps** fue popular en Devon, Inglaterra. Consistía en una especie de justa rudimentaria donde el objetivo era derribar de sus escobas a la mayor cantidad posible de adversarios, de modo que la única persona que quedara montada en la escoba ganaba.

El **swivenhodge** apareció en Herefordshire. Como en el stichstock, se jugaba con una vejiga inflada, habitualmente de cerdo. Los jugadores se sentaban al revés en sus escobas, mirando al cepillo, y con éste golpeaban la vejiga por encima de un seto, pasándosela unos a otros. Cuando un jugador no conseguía devolverla, su adversario sumaba un punto. El primero en anotar cincuenta puntos era el ganador.

El swivenhodge todavía se juega en Inglaterra, aunque nunca ha gozado de mucho seguimiento entre la población; el shuntbumps perdura solamente como juego de niños. Sin embargo, en el pantano Queerditch se creó un juego que un día se convertiría en el más popular en el mundo de los magos.

Capítulo 3

El juego del pantano Queerditch

Si conocemos los rudimentarios comienzos del quidditch es gracias a los textos de la bruja Gertie Keddle, que vivió a orillas del pantano Queerditch en el siglo XI. Afortunadamente para nosotros, ella escribía un diario que ahora está en el Museo del Quidditch de Londres. Los pasajes que siguen a continuación han sido traducidos del original, redactado en un sajón con muchas faltas de ortografía.

Martes. Caluroso. Ya están otra vez esos del otro lado del pantano. Juegan a no sé qué estupidez con sus escobas voladoras. Una gran pelota de cuero aterrizó en mis coles. Eché un maleficio sobre el hombre que vino a buscarla. Me encantaría ver volar a ese gran puerco peludo con las rodillas en la espalda.

Martes. Húmedo. Estaba fuera, en el pantano, recolectando ortigas. Los idiotas de las escobas estaban jugando otra vez. Los observé un rato por detrás de una roca. Tenían una pelota nueva. Se la tiraban unos a otros y trataban de colarla entre las copas de los árboles que hay a cada extremo del pantano. Qué manera más absurda de hacer el tonto.

11

Martes. Ventoso. Gwenog vino a tomar té de ortiga, luego me invitó a que saliéramos a pasear. Terminamos contemplando a esos zopencos que juegan en el pantano. Ese mago escocés grandote de arriba de la colina estaba allí. Ahora había dos rocas pesadas que volaban alrededor de ellos y trataban de tirarlos de sus escobas. Lástima que no ocurriera mientras yo miraba. Gwenog me contó que ella juega a menudo. Volví a casa disgustada.

Estos fragmentos revelan mucho más de lo que Gertie Keddle podía suponer, además del hecho de que sólo conocía el nombre de uno de los días de la semana. En primer lugar, la pelota que aterrizó en su huerta de coles estaba hecha de cuero, como la quaffle moderna; naturalmente, la vejiga inflada que se utilizaba en otros juegos de escoba de aquella época sería difícil de arrojar con precisión, sobre todo cuando hiciera mucho viento. En segundo lugar, Gertie nos dice que los hombres «trataban de colarla entre las copas de los árboles que hay a cada extremo del pantano»: aparentemente una forma primitiva de marcar. Y en tercer lugar, nos permite vislumbrar las precursoras de las bludgers.

Es sumamente interesante que allí estuviera presente «ese mago escocés grandote». ¿Sería un jugador de creaothceann? ¿Sería idea suya hechizar pedruscos para que pasaran zumbando por el campo?, ¿se inspiraría en los cantos rodados que se utilizaban en el juego de su tierra?

No encontramos ninguna otra referencia al deporte que se jugaba en el pantano Queerditch hasta un siglo más tarde, cuando el mago Goodwin Kneen tomó la pluma para escribir a su primo Olaf de Noruega. Kneen vivía en Yorkshire, lo que demuestra cómo se había propagado el deporte por toda Gran Bretaña cien años después de que Gertie Keddle lo presenciase por primera vez. La carta de Kneen se conserva en los archivos del Ministerio de Magia noruego.

Querido Olaf:

¿Cómo estás? Yo bien, pero Gunhilda está un poco afectada de viruela de dragón.

Disfrutamos de un partido de kwidditch muy animado la noche del sábado, aunque la pobre Gunhilda no estaba en condiciones de jugar como catcher, y tuvimos que poner a Radulf el herrero en su lugar. El equipo de Ilkley jugó bien, aunque no era rival para nosotros, porque practicamos mucho durante todo el mes y marcamos en cuarenta y dos ocasiones. Radulf recibió una blooder en la cabeza porque el viejo Ugga no fue lo bastante rápido con su vara. Los nuevos toneles funcionaron bien. En cada extremo, tres sobre sus postes; Oona la de la posada nos los dio. También nos sirvió hidromiel gratis toda la noche porque ganamos. Gunhilda se enfadó un poco conmigo por regresar tan tarde. Tuve que sacudirme un par de desagradables maldiciones, pero ya vuelvo a tener dedos.

Te envío esta carta con la mejor lechuza que tengo, espero que consiga llegar.

Tu primo,

Goodwin

Aquí vemos cuánto se había desarrollado el juego en un siglo. La esposa de Goodwin tenía que jugar como «catcher», probablemente el término que se usaba antaño para referirse al «cazador». La «blooder» (sin duda la bludger) que golpeó a Radulf el herrero tenía que haber sido rechazada por Ugga, quien obviamente jugaba de golpeador, ya que llevaba una vara. Las metas ya no eran árboles sino toneles sobre postes. Sin embargo, todavía faltaba un elemento crucial del juego: la snitch dorada. La incorporación de la cuarta pelota no tuvo lugar hasta mediados del siglo XIII, y sucedió de una manera muy curiosa.

Capítulo 4

La aparición de
la snitch dorada

Desde comienzos del siglo XII, la caza del snidget fue muy popular entre numerosos magos y brujas. El snidget dorado (véase la figura B) es en la actualidad una especie protegida, pero en esa época abundaban en el norte de Europa, aunque eran muy difíciles de detectar por los muggles debido a su capacidad para ocultarse y su gran velocidad.

Fig. B

El diminuto tamaño de los snidgets, sumado a su notable agilidad en el aire y su talento para evitar a los predadores, no hacían sino aumentar el prestigio de los magos que los cazaban. Un tapiz del siglo XII que se conserva en el Museo del Quidditch muestra a un grupo que se dispone a cazar un snidget. En la primera escena del tapiz, algunos cazadores llevan redes, otros utilizan varitas mágicas y otros incluso intentan cazar el snidget con sus propias manos. El tapiz revela que a menudo estos animalitos eran aplastados por sus captores. En la última escena, vemos que entregan una bolsa de oro al mago que atrapa el snidget.

La caza del snidget era reprobable en muchos aspectos. Todo mago sensato debe lamentar la destrucción de estos pequeños y pacíficos pájaros en nombre del deporte. Además, la cacería de snidgets se hacía habitualmente a plena luz del día y provocó más avistamientos de escobas en pleno vuelo por parte de los muggles que ninguna otra actividad de los magos.

Sin embargo, el Consejo de Magos de esa época fue incapaz de controlar la popularidad de ese deporte; de hecho, parece que no tenía nada en contra, como veremos más adelante.

La caza del snidget se cruzó con el quidditch en 1269, en un partido al que asistía el mismísimo presidente del Consejo de Magos, Barberus Bragge. Conocemos el dato gracias al relato de los hechos que la señora Modesty Rabnott de Kent envió a su hermana Prudence en Aberdeen (esta carta también se exhibe en el Museo del Quidditch). Según el testimonio de la señora Rabnott, Bragge llevó un snidget enjaulado al partido y reunió a los jugadores para decirles que entregaría un premio de ciento cincuenta galeones[1] al que lo atrapara en el transcurso del juego. La señora Rabnott explica lo que sucedió a continuación:

---

1. Equivalente a un millón de galeones en la actualidad. Que el presidente Bragge tuviera intención de pagarlos o no, es una cuestión discutible.

Los jugadores se elevaron todos juntos ignorando la quaffle y esquivando las blooders. Ambos guardianes abandonaron los cestos que debían proteger y se unieron a la cacería. El pobrecito snidget subía y bajaba buscando una forma de escapar del campo, pero el público lo obligaba a regresar con encantamientos repelentes. Bueno, Pru, tú sabes lo que pienso sobre la caza del snidget y cómo me comporto cuando pierdo la paciencia. Salté al campo y grité: «¡Presidente Bragge, esto no es un deporte! Permita que el snidget se vaya y déjenos mirar el noble juego del cuaditch que todos hemos venido a ver.» No te lo vas a creer, Pru: lo único que hizo el bruto fue reír y arrojarme la jaula vacía. Bueno, se me subió la sangre a la cabeza, Pru, ya lo creo. Cuando el pobrecito snidget voló hacia donde me encontraba yo, hice un encantamiento convocador. Tú sabes lo buenos que son mis encantamientos convocadores, Pru; claro que era más fácil para mí apuntar bien, ya que no estaba subida a ninguna escoba en ese momento. El pajarito voló zumbando hasta mi mano. Lo metí entre los pliegues de la túnica y eché a correr llena de rabia.

Bueno, me atraparon, pero no antes de que saliera del gentío y liberara al snidget. El presidente Bragge estaba furioso y por un momento pensé que me iba a transformar en un lagarto cornudo o en algo peor, pero afortunadamente sus consejeros lo calmaron y sólo me cobraron diez galeones por interrumpir el juego. Por supuesto, yo nunca he tenido diez galeones, así que adiós a mi casa.

Pronto iré a vivir contigo; por suerte no se llevaron el hipogrifo. Y te diré algo, Pru: Bragge puede estar seguro de que no le votaría aunque pudiese votar.

Un cariñoso saludo de tu hermana,

Modesty

Puede que con su valerosa acción la señora Rabnott salvara a un snidget, pero no podía salvarlos a todos. La idea del jefe Bragge había cambiado para siempre la naturaleza del quidditch. Muy pronto, se empezó a soltar snidgets dorados en todos los partidos, donde un solo jugador por equipo (el buscador) tenía la tarea de atraparlo. Cuando uno mataba el pájaro, el partido concluía y el equipo del buscador era premiado con ciento cincuenta puntos extra, en memoria de los ciento cincuenta galeones prometidos por el presidente Bragge. La multitud se encargaba de mantener el snidget en el campo de juego mediante el encantamiento repelente que mencionara la señora Rabnott.

Sin embargo, a mediados del siglo siguiente la población de snidgets dorados había menguado tanto que el Consejo de Magos, ahora dirigido por una persona considerablemente más inteligente, Elfrida Clagg, declaró el snidget dorado especie protegida y prohibió que los mataran o utilizaran en partidos de quidditch. La Reserva de Snidgets Modesty Rabnott fue fundada en Somerset y se buscó a marchas forzadas un sustituto que permitiera que los partidos de quidditch prosiguieran.

La invención de la snitch dorada se atribuye al mago Bowman Wright de Godric's Hollow. Mientras todos los equipos de quidditch del país trataban de encontrar pájaros que reemplazaran al snidget, Wright, que era un encantador de metales muy habilidoso, se dedicaba a la tarea de crear una pelota que imitara el comportamiento y las formas de vuelo del snidget. Que tuvo éxito es algo fuera de toda duda a juzgar por la cantidad de rollos de pergamino que tenía cuando murió (ahora están en manos de un coleccionista privado) y que consignaban los pedidos que había recibido de todos los rincones del país. La snitch dorada, como llamó Bowman a su invento, era una pelota del tamaño de una nuez y pesaba lo mismo que un snidget. Sus alas plateadas tenían articulaciones giratorias como las de los snidgets, lo que le permitía cambiar de dirección a la velocidad del rayo y con la misma precisión que su modelo viviente. Sin embargo, a diferencia del snidget, la snitch había sido hechizada para que permaneciera dentro de los límites del campo de juego. Se puede decir que la incorporación de la snitch dorada terminó con el proceso que había comenzado trescientos años antes, en el pantano Queerditch. Por fin había nacido el juego del quidditch tal y como lo conocemos hoy.

Capítulo 5

Precauciones antimuggles

En 1398, el mago Zacharias Mumps estableció la primera descripción completa del juego del quidditch. Comenzó enfatizando la necesidad de tomar ciertas medidas antimuggles mientras se jugaba. «Deben elegirse zonas desiertas alejadas de las viviendas muggles y asegurarse de que nadie los vea cuando se eleven con las escobas voladoras. El repelente mágico de muggles es muy útil si se pretende construir un campo de juego permanente. También es aconsejable jugar por las noches.»

Deducimos que los excelentes consejos de Mumps no siempre se siguieron, puesto que en 1362 el Consejo de Magos prohibió que se jugara al quidditch en un perímetro inferior a ochenta kilómetros de cualquier pueblo. Es evidente que la popularidad del juego aumentaba con rapidez, ya que el Consejo consideró en 1368 que había que rectificar la prohibición, y así declaró ilegal el juego a menos de 160 kilómetros de un pueblo. En 1419, el Consejo promulgó el famoso decreto por el cual no se puede jugar al quidditch «en ningún lugar cercano a una zona donde exista la más remota posibilidad de que un muggle pueda estar mirando, o ya veremos lo bien que juegan encadenados a la pared de un calabozo».

Como todo mago en edad escolar sabe, el hecho de que volemos en escobas es probablemente nuestro secreto peor guardado. Ninguna ilustración de una bruja hecha por un muggle está completa sin una escoba, y por muy ridículos que sean esos dibujos (ninguna de las escobas representadas por los muggles aguantaría en el aire un momento), nos recuerdan que fuimos descuidados durante demasiados siglos como para sorprendernos de que las mentes muggles asocien escobas y magia.

Las medidas de seguridad adecuadas no se pusieron en marcha hasta que el Estatuto Internacional del Secreto de los Brujos de 1692 hizo directamente responsable a cada Ministerio de Magia de las consecuencias de los deportes mágicos jugados dentro de sus territorios. En Gran Bretaña, eso tuvo como consecuencia la creación del Departamento de Deportes y Juegos Mágicos. Los equipos de quidditch que incumplían las directivas del Ministerio fueron, en lo sucesivo, obligados a disolverse. El caso más famoso fue el de los Banchory Bangers, un equipo escocés muy conocido no sólo por sus pocas habilidades para el quidditch, sino también por las fiestas posteriores a los partidos. Después del encuentro que disputaron en 1814 contra los Appleby Arrows (véase el capítulo 7), los Bangers permitieron que sus bludgers se alejaran en la noche y, por si fuera poco, también se lanzaron a la captura de un hébrido negro para convertirlo en mascota del equipo. Representantes del Ministerio de Magia los atraparon cuando estaban volando sobre Inverness, y los Banchory Bangers nunca volvieron a jugar.

En la actualidad, los equipos de quidditch no juegan localmente, sino que viajan a campos de juego que han sido montados por el Departamento de Deportes y

Juegos Mágicos, donde se mantienen adecuadas medidas de seguridad antimuggles. Tal como Zacharias Mumps sugirió tan acertadamente hace seiscientos años, los campos de quidditch son más seguros si se instalan en desiertos.

Capítulo 6

Cambios en el quidditch
a partir del siglo XIV

Campo

Zacharias Mumps describe el campo del siglo XIV con forma oval, de ciento cincuenta metros de largo y cincuenta y cinco de ancho, con un pequeño círculo central en el medio de aproximadamente sesenta centímetros de diámetro. Mumps explica que el árbitro (o quijudge, como se los llamaba entonces) llevaba las cuatro pelotas hasta el círculo central, mientras los catorce jugadores permanecían alrededor. Tan pronto como las pelotas estaban libres (el árbitro se encargaba de arrojar la quaffle, véase el epígrafe correspondiente), los jugadores se elevaban a toda velocidad. En la época de Mumps, las porterías todavía eran grandes cestos colocados en el extremo de unos postes, como se ve en la figura C.

En 1620, Quintius Umfraville escribió un libro, llamado *El noble deporte de los magos*, que incluía un esquema de un campo de quidditch del siglo XVII (véase la figura D). Allí comprobamos que ya utilizaban lo que conocemos como «área de la portería» (véase «Reglas» más adelante). Los cestos izados sobre postes eran considerablemente más pequeños y altos que en la época de Mumps.

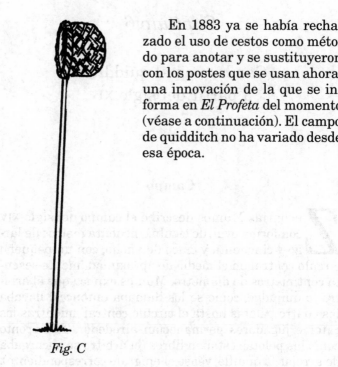

En 1883 ya se había rechazado el uso de cestos como método para anotar y se sustituyeron con los postes que se usan ahora, una innovación de la que se informa en *El Profeta* del momento (véase a continuación). El campo de quidditch no ha variado desde esa época.

Fig. C

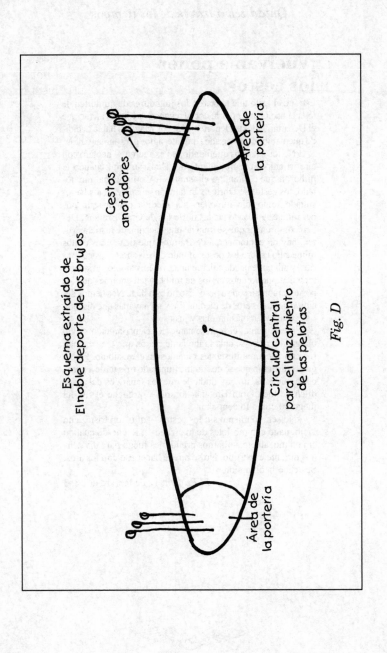

Cestos anotadores

Área de la portería

Esquema extraído de
El noble deporte de los brujos

Círculo central
para el lanzamiento
de las pelotas

Área
de la portería

Fig. D

¡Vuelvan a poner los cestos!

Ése fue el grito que lanzaron los jugadores de quidditch de toda la nación ayer por la noche, cuando se hizo evidente que el Departamento de Deportes y Juegos Mágicos había decidido quemar los cestos usados durante siglos para anotar tantos.

«No los estamos quemando, no exageren —declaró con aire irritado un representante del Departamento cuando le pidieron que comentara el asunto—. Como ya habrán notado, los cestos se fabrican en tamaños dispares. Nos ha resultado imposible imponer una medida común que nos permitiera igualar todas las porterías de Gran Bretaña. Deben comprender que se trata de una cuestión de justicia. Miren, hay un equipo cerca de Barnton que tiene unos cestos minúsculos sobre los postes donde deben anotar los contrarios, y allí no se puede colar ni una uva. En cambio, en su portería han puesto unos cestos de mimbre tan enormes que los postes cimbrean con su peso. Eso no está bien. Nos hemos decidido por unos aros de medida fija y no hay más que discutir. Las cosas serán más limpias y justas.»

En este punto, el representante del Departamento se vio obligado a retirarse ante la lluvia de cestos que le arrojaban los enojados manifestantes reunidos en el vestíbulo. Pese a que el disturbio que se desató fue imputado más tarde a duendes agitadores, no hay duda de que los fanáticos del quidditch de toda Gran Bretaña lloraron esa noche el fin del juego tal como lo conocían.

«No será lo mismo sin los cestos —dijo con tristeza un viejo mago con mofletes de manzana—. Recuerdo cuando era un mozalbete: solíamos prenderles fuego para divertirnos durante el partido. No se puede hacer eso con los aros. Se acabó la diversión.»

El Profeta, 12 de febrero de 1883

Pelotas

La quaffle

Como sabemos por el diario de Gertie Keddle, la quaffle se hizo de cuero desde el principio. Es la única de las cuatro pelotas del quidditch que no estaba originalmente encantada, sino que estaba hecha con retazos de cuero cosidos; a menudo tenía un asa (véase la figura E) por si debía ser atrapada y tirada con una sola mano. Algunas quaffles antiguas tenían agujeros para los dedos. No obstante, en 1875, con el descubrimiento de los encantamientos para retener objetos, las tiras y los agujeros para los dedos se volvieron innecesarios, ya que el cazador puede sujetar con una mano el cuero hechizado sin esos complementos.

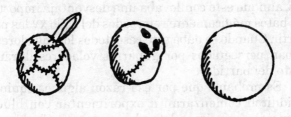

Quaffles Antiguas   Quaffle Moderna

Fig. E

La quaffle moderna tiene treinta centímetros y medio de diámetro y carece de costuras. La primera vez que se pintó de rojo fue en el invierno de 1711, tras un partido

azotado por una intensa lluvia que impidió que se distinguiera al caer en el campo enfangado. Los cazadores también estaban cada vez más irritados ante la obligación de lanzarse en picado si querían recuperar la pelota cuando no llegaban a un pase. Así, muy poco después de que se cambiara el color de la quaffle, la bruja Daisy Pennifold tuvo la idea de hechizarla, de manera que, si se caía, lo haría lentamente, como si se hundiera en el agua, y los cazadores la podrían atrapar en el aire. La quaffle Pennifold todavía se emplea en la actualidad.

Las bludgers

Como hemos visto, las primeras bludgers (o blooders) eran rocas voladoras. En la época de Mumps, la única mejora consistía en que las tallaban en forma de pelotas, aunque esto conllevaba una desventaja importante: los bates mágicamente reforzados del siglo XV las podían partir. Cuando se daba este caso, todos los jugadores acababan perseguidos por guijarros voladores durante el resto del partido.

Es probable que por esa razón algunos equipos de quidditch comenzaran a experimentar con bludgers de metal a principios del siglo XVI. Agatha Chubb, experta en antiguos artefactos mágicos, ha identificado por lo menos doce bludgers de plomo, procedentes de ese período, descubiertas en pantanos ingleses y en turberas irlandesas. «Son indudablemente bludgers, no balas de cañón», escribe.

Las tenues hendiduras de los bates mágicamente reforzados son visibles, así como las marcas características de fabricación de un mago (tan di-

ferentes de las de un muggle): la uniformidad de la línea, la simetría perfecta... La prueba definitiva fue el hecho de que todas sin excepción volaran alrededor de mi estudio y trataran de tirarme al suelo cuando las liberé de sus cajas.

Pero finalmente el plomo resultó ser demasiado blando para los propósitos de fabricación de la bludger (cualquier hendidura producida en ella afecta a su capacidad para volar en línea recta). En la actualidad todas las bludgers están hechas de hierro. Tienen un diámetro de veinticinco centímetros y medio.

Las bludgers están hechizadas para perseguir a todos los jugadores de manera indiscriminada. Si se las deja a su aire, atacarán al jugador que esté más cerca; por eso, la tarea de los golpeadores es lanzarlas lo más lejos posible de su propio equipo.

La snitch dorada

La snitch dorada tiene el tamaño de una nuez, como el snidget dorado. Está hechizada para que evite la captura durante el mayor tiempo posible. Según una anécdota del año 1884, una snitch dorada evitó que la capturaran durante seis meses en Bodmin Moor, y al final ambos equipos suspendieron el partido, enfadados con la pobre actuación de sus buscadores. Algunos magos de Cornualles que conocen la zona insisten aún hoy en que la snitch sigue volando libre por el páramo, aunque no he podido confirmar este dato.

Jugadores

El guardián

Es indudable que la posición del guardián existe desde el siglo XIII (véase el capítulo 4), aunque su papel ha cambiado desde entonces.

De acuerdo con Zacharias Mumps, el guardián

[...] debe ser el primero en llegar a los cestos, porque su tarea es evitar que la quaffle entre en ellos. El guardián debe procurar no acercarse demasiado a la otra punta del campo por si sus cestos son amenazados mientras no está. Sin embargo, un guardián veloz puede ser capaz de marcar un tanto y regresar a tiempo para evitar que el otro equipo marque. Eso es algo que ha de decidir el guardián según su propio criterio.

Por lo que acabamos de leer, queda claro que en la época de Mumps los guardianes actuaban como cazadores con responsabilidades añadidas. Podían moverse por todo el campo y marcar tantos.

Sin embargo, cuando Quintius Umfraville escribió *El noble deporte de los magos* en 1620, el trabajo del guardián había sido simplificado. Se habían agregado las áreas al campo y los guardianes debían permanecer en ellas, vigilando los cestos, aunque podían abandonar su demarcación para intimidar a los cazadores adversarios o desviarlos a tiempo.

Los golpeadores

Las obligaciones de los golpeadores han cambiado muy poco con el transcurso de los siglos, y es probable que es-

tos jugadores aparecieran desde el mismo momento en que se introdujeron las bludgers. Su prioridad es proteger a los miembros de su equipo de las bludgers, y lo hacen con la ayuda de bates (en el pasado eran varas, véase la carta de Goodwin Kneen, en el capítulo 3). Los golpeadores nunca se han dedicado a marcar tantos, ni hay ninguna constancia de que hayan manejado la quaffle.

Estos jugadores necesitan una gran dosis de energía física para rechazar las bludgers. Ésa es la razón de que esta posición, por encima de las otras, haya sido ocupada más por magos que por brujas. Los golpeadores también necesitan poseer un excelente sentido del equilibrio, ya que a veces tienen que dejar de agarrar la escoba para golpear la bludger con ambas manos.

Los cazadores

La posición del cazador es la más antigua en el quidditch, porque al principio el juego consistía sólo en marcar tantos. Los cazadores se pasan la quaffle unos a otros y anotan diez puntos cada vez que la introducen en uno de los aros.

En lo que a sus facultades se refiere, el único cambio importante se remonta a 1884, un año después de la sustitución de los cestos por aros. Entonces se introdujo una nueva regla que establecía que únicamente el cazador que llevara la quaffle podía entrar en el área. Si entraba más de un cazador, el tanto se anulaba. La regla fue instituida para prohibir el *stooging* (véase «Infracciones» más adelante), una jugada por la cual dos cazadores pueden entrar en el área y embestir al guardián para hacerlo a un lado, de modo que quede un aro libre para el tercer cazador. La reacción ante esta nueva regla aparece en *El Profeta* de la época.

¡Nuestros cazadores no hacen trampa!

Ésa fue la atónita reacción de los aficionados al quidditch en toda Gran Bretaña cuando la llamada «falta por stooging» fue anunciada por el Departamento de Deportes y Juegos Mágicos ayer por la noche.

«Los casos de stooging han ido en aumento —dijo visiblemente tenso un representante del Departamento—. A nuestro entender, esta nueva regla acabará con esas lesiones graves que hemos visto en tantas ocasiones. De ahora en adelante, sólo un cazador, y no tres, intentará pegar al guardián. Todo será mucho más limpio y justo.»

En ese momento, el representante del Departamento tuvo que abandonarnos porque la enfurecida muchedumbre empezó a bombardearlo con quaffles. Los magos del Departamento de Seguridad Mágica llegaron para dispersar a la multitud, que amenazaba con hacer un stooge con el propio Ministro de Magia.

Un niño pecoso de seis años salió del vestíbulo con la cara surcada de lágrimas. «Me encanta el stooging —declaró entre sollozos a *El Profeta*—. A mi padre y a mí nos gustaba ver a los guardianes aplastados. Ya no quiero ir al quidditch nunca más.»

El Profeta, 22 de junio de 1884

El buscador

Estos jugadores son casi siempre personas de poco peso y muy veloces con la escoba. Los buscadores precisan tanto de agudeza visual como de habilidad para volar con una mano o, a veces, ninguna. Son decisivos en el resultado final de un partido, porque si capturan la snitch pueden obtener una victoria allí donde la derrota parece segura. Por eso son los jugadores con más probabilidades de sufrir las agresiones del equipo contrario. De hecho, si bien son los jugadores más admirados debido a que destacan más que los demás con la escoba, no es

menos cierto que también son los que sufren las lesiones más graves.

«Eliminad al buscador» es la máxima del libro de Brutus Scrimgeour: *La biblia de los golpeadores*.

Reglas

Las normas siguientes fueron establecidas cuando se creó el Ministerio de Deportes y Juegos Mágicos en 1750:

1. La altura que pueden alcanzar los jugadores no está sujeta a restricciones, pero ninguno de ellos debe traspasar los límites del terreno de juego. Si un jugador vuela por encima de las líneas que delimitan el campo, su equipo deberá entregar la quaffle al contrario.
2. El capitán del equipo puede solicitar tiempo muerto haciendo una señal al árbitro. Ése es el único momento en que los jugadores pueden poner los pies en el suelo durante el partido. La pausa puede prolongarse hasta dos horas si el partido ha durado más de doce. El equipo que no haya saltado al campo cuando se agoten las dos horas, será descalificado automáticamente.
3. El árbitro puede pitar penalti contra un equipo. El cazador encargado de lanzar el penalti deberá volar desde el círculo central hacia el área. Los otros jugadores, exceptuando al guardián, deben mantenerse bien apartados mientras se ejecute la falta.
4. Se puede robar la quaffle de manos de otro jugador, pero bajo ninguna circunstancia se permite a los jugadores aferrarse a ninguna parte de la anatomía de los contrincantes.

5. Cuando un jugador se lesione, no podrá ser susti-
   tuido. Por lo tanto su equipo deberá continuar el
   partido sin el jugador lesionado.

6. Se puede llevar varita en el campo,[1] pero de ningún modo se puede utilizar contra los miembros
   del equipo contrario o sus escobas; tampoco se es-
   grimirá contra el árbitro, las pelotas o cualquier
   persona del público.

7. Un partido de quidditch sólo puede concluir si se
   atrapa la snitch dorada o si los capitanes de ambos equipos acuerdan darlo por terminado.

Las infracciones

Por supuesto, las reglas están «hechas para saltárse-
las». Los archivos del Departamento de Deportes y Juegos Mágicos contienen una relación de nada menos que
setecientas infracciones de quidditch, y se sabe que durante la final del Mundial de 1473, el primero de la historia, se llegaron a cometer todas ellas. Sin embargo,
la relación completa de esas faltas nunca ha estado al
alcance del público. El Departamento opina que los
magos y las brujas que vieran esa lista «podrían sacar
ideas».

Mientras estaba investigando para este libro, tuve
la suerte de acceder a los documentos relacionados con
dichas faltas y puedo confirmar que ningún bien para el
público puede resultar de su publicación. De todos mo-
dos, el noventa por ciento de las infracciones anotadas
son irrealizables si se respeta la prohibición de utilizar

---

1. El derecho a llevar una varita en todo momento fue establecido por la
Confederación Internacional de Magos en 1692, cuando la persecución
muggle estaba en pleno apogeo y los magos planeaban mantenerse ocultos.

varitas mágicas contra el equipo contrario (prohibición que se impuso en 1538). Del diez por ciento restante, se puede decir sin temor a equivocarse que la mayoría no se les ocurriría ni siquiera a los jugadores más sucios; por ejemplo, «prender fuego al cepillo de la escoba del adversario», «golpear la escoba del adversario con la vara» o «arremeter contra un adversario con un hacha». Esto no quiere decir que en la actualidad los jugadores de quidditch nunca infrinjan las reglas.

A continuación hay una lista con diez de las faltas más comunes. El término de quidditch correcto para designarlas aparece en la primera columna.

Nombre	Aplicado a	Descripción
Blagging	Todos los jugadores	Agarrar por el cepillo la escoba del rival para obstaculizar o aminorar su vuelo.
Blatching	Todos los jugadores	Volar con el propósito de chocar contra otro jugador.
Blurting	Todos los jugadores	Agarrar el palo de la escoba del oponente para desviar su trayectoria.
Bumphing	Golpeadores	Golpear la bludger en dirección al público para provocar la interrupción del partido mientras los encargados corren a proteger a los espectadores. Los jugadores con pocos escrúpulos utilizan esta maniobra para impedir que un cazador del equipo rival pueda marcar.
Cobbing	Todos los jugadores	Uso excesivo de los codos contra los adversarios.

Flacking	Guardianes	Sacar cualquier parte de la anatomía por el aro para impedir que la quaffle pueda pasar. El guardián debe ponerse delante de los aros para protegerlos; no puede hacerlo desde detrás.
Haversacking	Cazadores	Seguir sujetando la quaffle mientras ésta pasa por el aro (deben arrojarla).
Quaffle pocking	Cazadores	Manipular la quaffle; por ejemplo, pincharla para que caiga más rápido o vaya en zigzag.
Snitchnip	Todos menos los buscadores	Tocar o atrapar la snitch dorada.
Stooging	Cazadores	Que más de un cazador entre a la vez en el área.

Árbitros

Hubo una época en que arbitrar un partido de quidditch era una tarea reservada a los magos y las brujas más valientes. Zacharias Mumps relata que un árbitro de Norfolk llamado Cyprian Youdle murió durante un partido amistoso disputado entre magos locales, en 1357. Nunca se atrapó al causante del maleficio, pero se cree que fue un miembro del público. Aunque no ha habido más asesinatos de árbitros desde entonces, se han producido varios casos de manipulación de escobas a través de los siglos, el más peligroso de los cuales consiste en transformar la escoba del árbitro en un traslador, de manera que él o ella desaparecen del partido y aparecen meses más tarde en el desierto del Sahara. El Departamento de Deportes y Juegos Mágicos estableció reglas estrictas para las medidas de seguridad relativas a las escobas de los jugadores, y ahora, por fortuna, esos incidentes son extremadamente raros.

Un árbitro de quidditch eficiente tiene que ser algo más que un piloto experto. Debe vigilar las tretas de los catorce jugadores, de modo que la lesión más común de su colectivo es la tortícolis. En los partidos profesionales, el árbitro tiene la ayuda de los jueces de línea, que se colocan en las bandas del campo de juego y se aseguran de que ni los jugadores ni las pelotas salgan por encima del perímetro.

En Gran Bretaña, los árbitros de quidditch son seleccionados por el Departamento de Deportes y Juegos Mágicos. Deben pasar rigurosas pruebas de vuelo y aprobar un examen escrito muy exigente sobre las reglas del quidditch; también deben superar una serie de pruebas exhaustivas para demostrar que no lanzarán embrujos ni maleficios a los jugadores que los insulten, aun bajo la presión más severa.

Capítulo 7

Equipos de quidditch de Gran Bretaña e Irlanda

La necesidad de mantener el juego del quidditch en secreto para los muggles hizo que el Departamento de Deportes y Juegos Mágicos tuviera que limitar la cantidad de partidos que se juegan cada año. Mientras que los partidos de aficionados están permitidos si se siguen las pautas adecuadas, el número de equipos profesionales se limitó en 1674, cuando se estableció la Liga. En esa fecha, los trece mejores equipos de quidditch de Gran Bretaña e Irlanda fueron seleccionados para entrar en esa competición y a todos los demás les pidieron que se disolvieran. Los trece equipos continúan luchando cada año por el título.

Appleby Arrows

Este equipo del norte de Inglaterra se fundó en 1612. Las túnicas son de color azul pálido, adornadas con una flecha plateada. Los hinchas de los Arrows estarán de acuerdo en que el equipo vivió su momento de gloria en 1932, cuando vencieron al conjunto que era el campeón europeo de entonces, los Vratsa Vultures, en un partido que duró dieciséis días marcados por una niebla densa y una lluvia pertinaz. La antigua costumbre de los partidarios del grupo, que consistía en disparar flechas al aire con sus varitas siempre que sus cazadores marcaban un tanto, fue prohibida por el Departamento de Deportes y Juegos Mágicos en 1894, cuando uno de esos proyectiles atravesó la nariz del árbitro Nugent Potts. Hay una tradicional rivalidad entre los Arrows y las Avispas de Wimbourne (véase a continuación).

Avispas de Wimbourne

Las Avispas de Wimbourne usan túnicas con rayas horizontales amarillas y negras, con el dibujo de una avispa delante. Fundado en 1312, este equipo ha ganado dieciocho veces la Liga y ha llegado hasta dos semifinales de la Eurocopa. Se cree que adoptaron su nombre tras un desagradable suceso ocurrido durante un partido contra los Appleby Arrows, a mediados del siglo XVII, cuando un golpeador pasó volando junto a un árbol que había en el borde del campo de juego, vio un nido de avispas entre las ramas y lo golpeó hacia el buscador de los Arrows, que sufrió tantas picaduras que tuvo que abandonar el partido. Wimbourne ganó y posteriormente eligió la avispa como su talismán. Los seguidores de las Avispas (también conocidos como «aguijones») tienen la costumbre de imitar un zumbido para distraer a los cazadores adversarios cuando están a punto de tirar un penalti.

Caerphilly Catapults

Los Catapults de Gales se formaron en 1402 y visten túnicas con rayas verticales que alternan el verde claro y el rojo. La distinguida historia del club incluye dieciocho triunfos en la Liga y un célebre triunfo en la final de la Copa de Europa de 1956, cuando derrotaron a los Karasjok Kites de Noruega. Su jugador más renombrado, *Peligroso* Dai Llewellyn, encontró una muerte trágica en las fauces de una quimera durante unas vacaciones en Mykonos (Grecia); aquél fue un día de duelo nacional para las brujas y los magos galeses. En nuestros días, la Medalla Conmemorativa de *Peligroso* Dai se entrega a final de temporada al jugador de la Liga que haya corrido los riesgos más emocionantes e insensatos durante un partido.

Chudley Cannons

Puede que, para muchos, los días de gloria de los Chudley Cannons hayan pasado a la historia, pero sus devotos seguidores viven con la esperanza de un renacimiento. Los Cannons han ganado la Liga en veintiuna ocasiones, pero la última vez que lo hicieron fue en 1892 y su actuación durante el siglo pasado no fue muy brillante. Los Chudley Cannons usan túnicas de color naranja brillante adornadas con una bala de cañón en plena carga y una doble «C» en negro. El lema del equipo se modificó en 1972: su «A por la victoria» se cambió por un «Mantengamos los dedos cruzados y esperemos lo mejor».

Falmouth Falcons

Los Falcons visten túnicas que combinan el gris oscuro con el blanco y llevan el emblema de una cabeza de halcón en el pecho. Los Falcons son conocidos por jugar duro, una reputación que consolidaron sus mundialmente famosos golpeadores Kevin y Karl Broadmoor. Ambos jugaron para el club de 1958 a 1969 y sus fechorías provocaron por lo menos catorce suspensiones por parte del Departamento de Deportes y Juegos Mágicos. El lema del equipo: «Ganaremos; pero, si no podemos ganar, romperemos unas cuantas cabezas.»

Holyhead Harpies

El Holyhead Harpies es un club galés muy antiguo (se fundó en 1203), único entre los equipos de quidditch del mundo porque en toda su historia sólo ha fichado brujas. Las túnicas son verde oscuro y llevan una garra dorada sobre el pecho. El encuentro de 1953 en el que las Harpies derrotaron a los Heidelberg Harriers pasa por ser uno de los mejores partidos de quidditch que se hayan visto nunca. La contienda, que se disputó durante siete días, terminó con la espectacular captura de la snitch a cargo de la buscadora de las Harpies, Glynnis Griffiths. Como todo el mundo sabe, al acabar el partido, el capitán de los Harriers, Rudolf Brand, desmontó de su escoba para pedir matrimonio a su oponente, la capitana Gwendolyn Morgan, que lo sacudió con su Barredora 5.

Kenmare Kestrels

Este equipo irlandés fue fundado en 1291 y es apreciado en todo el mundo por las divertidas actuaciones de sus mascotas, los leprechauns, y por la maestría con el arpa de sus seguidores. Los Kestrels usan túnicas verde esmeralda con dos «K» amarillas dibujadas sobre el pecho, la primera de las cuales está escrita al revés. Darren O'Hare, guardián de los Kestrels entre 1947 y 1960, capitaneó tres veces la selección nacional irlandesa y se le atribuye la invención de la formación de ataque «cabeza de halcón» que despliegan los cazadores (véase el capítulo 10).

Montrose Magpies

El equipo de los Magpies es el que acumula más éxitos en la historia de la Liga de Irlanda y Gran Bretaña, que han ganado en treinta y dos ediciones. Han sido dos veces campeones de Europa y tienen admiradores por todo el mundo. Entre sus muy destacados jugadores, se incluyen la buscadora Eunice Murray (fallecida en 1942), que en una ocasión pidió «una snitch más rápida porque así es demasiado fácil», y Hamish MacFarlan (capitán de 1957 a 1968), que sumó a su exitosa carrera en el quidditch un período igualmente ilustre como director del Departamento de Deportes y Juegos Mágicos. Los Magpies usan túnicas blancas y negras con una urraca en el pecho y otra en la espalda.

Murciélagos de Ballycastle

El equipo de quidditch más famoso de Irlanda del Norte ha ganado la Liga de quidditch un total de veintisiete veces hasta la fecha, lo que lo convierte en el segundo equipo con más éxito en la historia de la competición. Los Murciélagos llevan túnicas negras con un murciélago escarlata que les cubre el pecho. Su famosa mascota, *Barny*, el murciélago de la fruta, es también conocida porque aparece en la publicidad de la marca de cerveza de mantequilla Butterbeer (Barny dice: «¡Me chifla la Butterbeer!»).

Pride of Portree

Este equipo proviene de la isla de Skye, donde fue fundado en 1292. Los Prides, como los llaman sus seguidores, visten túnicas de un púrpura oscuro con una estrella dorada en el pecho. Su cazadora más famosa, Catriona

McCormack, hizo que el equipo ganara dos veces la Liga, en la década de 1960, y jugó para Escocia en treinta y seis ocasiones. Su hija Meaghan juega actualmente como guardiana del equipo (su hijo Kirley es guitarra solista de la popular banda de magos Las Brujas de Macbeth).

Puddlemere United

Fundado en 1163, el Puddlemere United es el equipo más antiguo de la Liga. Puddlemere posee veintidós títulos de Liga y dos de la Copa de Europa. El himno de su equipo, *Repeled esas bludgers, chicos, y pasad esa quaffle hacia aquí*, fue recientemente grabado por la bruja cantante Celestina Warbeck para recaudar fondos para el Hospital San Mungo de Enfermedades y Heridas Mágicas. Los jugadores del Puddlemere usan túnicas azul marino adornadas con dos juncos dorados entrecruzados, el escudo del club.

Tutshill Tornados

Los Tornados usan túnicas celestes con una doble «T» en azul oscuro sobre el pecho y la espalda. Fundado en 1520, este equipo disfrutó de su mayor racha de éxitos a principios del siglo XX, cuando, capitaneado por el buscador Roderick Plumpton, ganó el campeonato de Liga cinco veces seguidas, un récord tanto en Irlanda como en Gran Bretaña. Roderick Plumpton jugó como buscador para Inglaterra en veintidós ocasiones y conserva el récord británico de la captura más rápida de una snitch (tres segundos y medio, en un partido de 1921 contra los Caerphilly Catapults).

Wigtown Wanderers

Este club de Borders fue fundado en 1422 por los siete descendientes de un mago carnicero llamado Walter Parkin. Los cuatro hermanos y las tres hermanas eran, según se cuenta, un equipo formidable que rara vez perdía un partido, en parte, se dice, debido a que los equipos rivales se sentían intimidados ante la visión de Walter en la banda, de pie con la varita mágica en una mano y un cuchillo de carnicero en la otra. Con cierta frecuencia, descendientes de Parkin se han alineado en las diferentes formaciones que ha presentado el equipo a lo largo de los siglos, y, como tributo a sus orígenes, los jugadores llevan túnicas rojo sangre con un cuchillo de carnicero plateado sobre el pecho.

Capítulo 8

La expansión del quidditch
por el mundo

Europa

El quidditch ya estaba bien arraigado en Irlanda en el siglo XIV, como prueba el relato que Zacharias Mumps hace de un partido en el año 1385: «Un equipo de brujos de Cork cruzó el mar de Irlanda en escoba para jugar un partido aquí, en Lancashire. Los de Cork ultrajaron a los lugareños al derrotar con firmeza a sus héroes. Los irlandeses sabían hacer jugadas con la quaffle que no se habían visto antes en Lancashire y tuvieron que huir del pueblo temiendo por sus vidas cuando la muchedumbre enfurecida extendió sus varitas mágicas y los persiguió.»

Varias fuentes indican que el juego se extendió a otras partes de Europa a principios del siglo XV. Sabemos que Noruega se aficionó pronto (¿podría el primo de Goodwin Kneen, Olaf, introducir allí el juego?) gracias al poema escrito por el poeta Ingolfr *el Yámbico* en los primeros años de 1400.

> *Oh, la emoción de la caza*
> *mientras surco el aire ligero*
> *con la snitch allá arriba*
> *y el viento en mi cabello.*

Cuando me acerco aún más,
la muchedumbre vocifera,
pero aparece una bludger por sorpresa
y me abre la cabeza.

Más o menos por esa misma época, el mago francés Malecrit escribió las siguientes líneas en su obra *Hélas, Je me suis Transfiguré Les Pieds* (*Ay de mí, he transformado mis pies*):

GRENOUILLE: Hoy no puedo ir contigo al mercado, Crapaud.
CRAPAUD: Pero, Grenouille, yo no puedo llevar solo la vaca.
GRENOUILLE: Ya sabes, Crapaud, que debo jugar de guardián esta mañana. ¿Quién detendrá la quaffle si yo no lo hago?

El año de 1473 vio la primera Copa del Mundo de quidditch, si bien todas las naciones representadas eran europeas. La ausencia de equipos procedentes de naciones más distantes puede deberse a que las lechuzas que llevaban las invitaciones sufrieran un síncope por agotamiento, a la falta de ganas de los invitados de emprender una larga y peligrosa travesía, o quizá a que simplemente prefirieran quedarse en casa.

La final entre Transilvania y Flandes ha pasado a los anales como la más violenta de todos los tiempos. La mayoría de las faltas que se registraron entonces nunca se habían visto; por ejemplo, la transformación de un cazador en una mofeta, el intento de decapitar a un guardián con un sable y el asalto de cien murciélagos vampiros que chupaban la sangre, salidos del interior de la túnica del capitán de Transilvania.

El Mundial se ha venido celebrando cada cuatro años, aunque los equipos extraeuropeos no entraron en la competición hasta el siglo XVII. En 1652 se instauró la Copa de Europa, que desde entonces se juega cada tres años.

Del excelente conjunto de equipos europeos existentes, tal vez el búlgaro **Vratsa Vultures** sea el más renombrado. Con siete Eurocopas en su haber, los Vratsa Vultures son indudablemente uno de los equipos más apasionantes sobre el terreno de juego. Fueron los pioneros del tiro largo (lanzar desde muy lejos del área) y siempre están dispuestos a dar a los jugadores noveles la oportunidad de hacerse un nombre.

Habituales ganadores de la Liga francesa, los **Quiberon Quafflepunchers** son famosos por su juego llamativo, así como por sus túnicas teñidas de un rosa escandaloso. En Alemania encontramos a los **Heidelberg Harriers**, que merecieron un célebre comentario del capitán de Irlanda, Darren O'Hare, quien dijo que el equipo era «más feroz que un dragón y dos veces más inteligente». Luxemburgo, una nación que siempre ha sido una potencia en el quidditch, nos ha dado a los **Bigonville Bombers**, un conjunto aplaudido por su estrategia ofensiva, que le permite estar entre los equipos que marcan más tantos. El conjunto portugués **Braga Broomfleet** se ha abierto paso hasta los más altos niveles de la competición gracias a su original sistema de marcaje de golpeadores. Para terminar, debemos citar al equipo polaco **Grodzisk Goblins**, de donde surgió el que probablemente sea el buscador más innovador de la historia: Josef Wronski.

Australia y Nueva Zelanda

El quidditch se introdujo en Nueva Zelanda en algún momento del siglo XVII y, al parecer, llegó de la mano de una expedición de herbologistas europeos que se encontraba allí para investigar plantas y hongos mágicos. Según se cuenta, tras un largo día recolectando muestras, los magos y las brujas se desahogaron jugando al quidditch ante la mirada atónita de la comunidad mágica local. El Ministerio de Magia de Nueva Zelanda ha dedicado ciertamente mucho tiempo y dinero a impedir que los muggles se apoderen del arte maorí de esa época, donde se representa con toda claridad a magos de raza blanca jugando al quidditch (esos grabados y pinturas se exponen en el edificio del Ministerio de Magia en Wellington).

Se estima que la expansión del quidditch a Australia tuvo lugar durante el siglo XVIII. Se puede decir que Australia es un territorio ideal para jugar a este deporte dada la cantidad de vastas extensiones deshabitadas que hay en el interior, donde se pueden construir estadios.

Los equipos de las antípodas siempre han apasionado al público europeo por su velocidad y su habilidad para ofrecer espectáculo. Entre los mejores está el **Moutohora Macaws** (Nueva Zelanda) con sus famosas túnicas de color rojo, amarillo y azul, y su mascota, el fénix *Sparky*. Los **Thundelarra Thunderers** y los **Woollongong Warriors** han dominado la Liga australiana la mayor parte del último siglo. Su enemistad es legendaria entre la comunidad mágica de Australia; por eso, una respuesta popular ante una afirmación absurda o una fanfarronería es: «Sí, y creo que yo me ofreceré como árbitro en el próximo partido entre Thunderers y Warriors.»

África

La escoba debió de ser introducida en el continente africano por magos y brujas europeos que habrían viajado allí para adquirir conocimientos sobre alquimia y astronomía, disciplinas en las que los magos africanos siempre han destacado. Pese a que todavía no se juega tan ampliamente como en Europa, el quidditch se está haciendo cada vez más popular en el continente africano.

En concreto, Uganda está revelándose como una nación que juega y se interesa mucho por el quidditch. Su club más eminente, el **Patonga Proudsticks**, mantuvo a raya a los Montrose Magpies con un empate en 1986, para el asombro del mundo del quidditch profesional. Seis jugadores del Proudsticks representaron a Uganda recientemente en el Mundial de quidditch, el mayor número de jugadores de un solo equipo que hayan sido convocados a una selección. Otros clubes africanos de renombre son el **Tchamba Charmers** (Togo), maestros del reverse pass; el **Gimbi Giant-Slayers** (Etiopía), dos veces ganadores de la Copa de África, y el **Sumbawanga Sunrays** (Tanzania), un equipo muy popular que ha deleitado a públicos de todo el mundo haciendo *loopings* en formación.

Norteamérica

El quidditch llegó a Norteamérica a principios del siglo XVII, aunque tardó en asentarse debido a la gran animadversión hacia la brujería que imperaba y que, por desgracia, también se había importado de Europa por esa misma época. A pesar de que esperaban en-

contrarse con menos prejuicios, los magos que emigraban y se establecían en el Nuevo Mundo debían tomar muchas precauciones, y eso contribuyó a que la expansión del quidditch se viera restringida en los primeros tiempos.

Sin embargo, ya en épocas más recientes, Canadá nos ha dado tres de los equipos de quidditch más completos del mundo: el **Moose Jaw Meteorites**, el **Haileybury Hammers** y el **Stonewall Stormers**. Los Meteorites estuvieron a punto de ser obligados a disolverse en la década de 1970, debido a su persistente costumbre de festejar las victorias poniéndose a volar por las ciudades y pueblos cercanos al estadio, vuelos en los que no se privaban de dejar una estela de chispas resplandecientes tras sus escobas. Ahora, el equipo limita esta tradición al perímetro del campo y, en consecuencia, los partidos de los Meteorites siguen siendo una gran atracción turística para los magos.

Estados Unidos no ha producido tantos equipos de quidditch de prestigio mundial como otras naciones debido a que este deporte tenía que competir con un juego de escobas nacido en Norteamérica, el quodpot. El quodpot es una variante del quidditch que fue inventada en el siglo XVIII por el mago Abraham Peasegood. Éste había dejado su país natal con una quaffle bajo el brazo y tenía la intención de formar un equipo de quidditch. La historia dice que la quaffle de Peasegood se movió dentro de su baúl hasta dar con la punta de su varita mágica, de modo que, cuando finalmente sacó la quaffle y comenzó a lanzarla despreocupadamente, le explotó en la cara. Peasegood, que según parece tenía un gran sentido del humor, se dedicó enseguida a recrear el efecto en una serie de pelotas de cuero y muy pronto se olvidó del quidditch para desarrollar con sus amigos un juego que giraba en torno a las explosivas características de la nueva pelota, llamada «quod».

En el juego del quodpot hay once jugadores por equipo. Los miembros de un equipo se pasan entre sí la quod o quaffle modificada y tratan de meterla en el «pot» del otro extremo del campo antes de que explote. El jugador al que le explote la quod en las manos debe abandonar el terreno de juego. Una vez la quod está segura en el pot (un pequeño caldero que contiene una solución que impide que la quod estalle), el equipo anota un punto y entonces se saca una pelota nueva al campo de juego. El quodpot ha obtenido cierto éxito como deporte para minorías en Europa, aunque la mayoría de los magos permanece fiel al quidditch.

A pesar de los encantos del quodpot, el quidditch está adquiriendo cada vez más popularidad en Estados Unidos. Dos equipos han alcanzado recientemente categoría internacional: los **Sweetwater All-Stars**, de Texas, que obtuvieron un merecido triunfo sobre los Quiberon Quafflepunchers en el año 1993, tras un apasionante partido que duró cinco días, y los **Fitchburg Finches** de Massachusetts, que ya han ganado en siete ocasiones la Liga norteamericana y cuyo buscador, Maximus Brankovitch III, ha sido capitán de la selección estadounidense en los dos Mundiales.

Sudamérica

El quidditch se juega por toda Sudamérica pese a que debe competir con el quodpot, que es tan popular como en Norteamérica. Tanto Argentina como Brasil han llegado a los cuartos de final de la Copa del Mundo durante el último siglo. Sin lugar a dudas, el país sudamericano

más sobresaliente en quidditch es Perú, y muchos pronósticos apuntan a que, en menos de diez años, se convertirá en el primer país latino que gane el Mundial. Los magos peruanos creen que su primer contacto con el quidditch tuvo lugar a través de magos europeos enviados por la Confederación Internacional para realizar un seguimiento de la población de vipertooths (dragón nativo de este país). En el tiempo que va desde entonces hasta nuestros días, el quidditch se ha convertido en una verdadera obsesión entre la comunidad de magos, y, no hace mucho, su equipo más famoso, el **Tarapoto Tree-Skimmers**, recorrió Europa con gran éxito.

Asia

El quidditch nunca ha alcanzado una gran relevancia en Oriente, ya que la escoba es una rareza en países donde se continúa prefiriendo la alfombra como medio de transporte. Los Ministerios de Magia de países que mantienen un próspero comercio de alfombras voladoras, como la India, Pakistán, Bangladesh, Irán y Mongolia, contemplan el quidditch con cierto recelo, aunque el deporte tiene algunos seguidores entre magos y brujas de la calle.

La excepción a esta regla es Japón, donde el número de seguidores del quidditch no ha dejado de crecer durante el último siglo. El equipo japonés con más éxito es el **Toyohashi Tengu**, que estuvo a punto de ganar en 1994 a los Gorodok Gargoyles de Lituania. Cuando son derrotados, los japoneses incendian ceremonialmente sus escobas, algo que está mal visto por el Comité de Quidditch de la Confederación Internacional de Magos, que lo considera un desperdicio de madera.

Capítulo 9

El desarrollo de
la escoba de carreras

Hasta principios del siglo XIX se jugó al quidditch con las mismas escobas que se utilizaban a diario, cuya calidad variaba mucho. Esas escobas representaban un gran avance frente a sus antecesoras medievales; la invención del conjuro del almohadón por parte de Elliot Smethwyck en 1820 supuso un salto de gigante en la tarea de hacer escobas más confortables (véase la figura F). Aun así, la mayoría de las escobas del siglo XIX eran incapaces de alcanzar altas velocidades y a menudo resultaba difícil controlarlas a grandes alturas. Por lo general, las escobas eran fabricadas a mano por un solo artesano, y aunque eran admirables desde el punto de vista del diseño y el acabado, su rendimiento en la práctica rara vez estaba a la altura de su hermosa apariencia.

Un buen ejemplo es la **Oakshaft 79** (llamada así porque el primer modelo se manufacturó en 1879). Creada por el fabricante de escobas Elias Grimstone de Portsmouth, la Oakshaft es una escoba elegante con un grueso mango de roble, diseñada para vuelos prolongados y para resistir vientos fuertes. Aunque la Oakshaft es ahora una escoba clásica que se paga a precios exorbitantes, todos los intentos de utilizarla en el quidditch fracasaron. Su peso le impedía dar la vuelta a altas velocidades,

El resultado del conjuro del almohadón (invisible)

Fig. F

de modo que nunca alcanzó mucha popularidad entre aquellos que preferían la agilidad a la seguridad. No obstante, siempre será recordada como la escoba que se utilizó en el primer vuelo a través del Atlántico, realizado por Jocunda Sykes en 1935. (Antes de esa época, los magos preferían tomar barcos en lugar de confiar en las escobas para semejantes trayectos. La aparición es menos fiable cuanto mayor es la distancia que hay que recorrer, y sólo magos verdaderamente expertos tratarían de aparecerse de un continente a otro.)

En 1901, Gladys Boothby creó la **Moontrimmer**, que supuso un progreso importante en la fabricación de escobas, y por un tiempo esas delgadas escobas con mango de fresno tuvieron gran demanda como escobas de quidditch. La principal ventaja de las Moontrimmer sobre las demás era que podían alcanzar alturas que nunca antes se habían logrado (sin que el control de la escoba se viera afectado). Gladys Boothby era incapaz de producir la Moontrimmer al ritmo que los jugadores de quidditch reclamaban. La fabricación de una nueva escoba, la **Flecha Plateada**, fue muy bien recibida; se trataba de la verdadera precursora de la escoba de carreras, pues corría mucho más que la Moontrimmer o la Oakshaft (más de 112 kilómetros por hora con viento de cola), pero, al igual que ellas, era obra de un solo mago

(Leonard Jewkes) y los pedidos sobrepasaban con creces las existencias.

El gran adelanto se produjo en 1926, cuando los hermanos Bob, Bill y Barnaby Ollerton fundaron la Cleansweep Broom Company. El primer modelo, la **Barredora 1**, se fabricó en una cantidad nunca vista y se promocionó como una escoba de carreras diseñada especialmente para actividades deportivas. La Barredora fue un éxito inmediato y abrumador, monopolizó el mercado como ninguna otra escoba precedente y, en menos de un año, todos los equipos de quidditch del país estaban montados en una.

Los hermanos Ollerton no conservaron por mucho tiempo el monopolio de las escobas de carreras. En 1929, Randolph Keitch y Basil Horton, ambos jugadores de los Falmouth Falcons, crearon una nueva fábrica. La primera escoba de la Comet Trading Company fue la **Cometa 140**; la cifra responde al número de modelos que Keitch y Horton probaron antes de llegar al que se comercializó. El hechizo de freno que patentaron benefició a los jugadores, a quienes ahora les resultaba más fácil no rebasar los postes en plena carrera al intentar marcar un tanto y no salirse del campo. Así, la Cometa se convirtió en la escoba preferida por la mayoría de los equipos ingleses e irlandeses.

Mientras la competencia entre la Barredora y la Cometa se hacía más intensa, marcada por las mejoradas Barredora 2 y 3 de 1934 y 1937 respectivamente, y la Cometa 180 de 1938, otros fabricantes de escobas estaban apareciendo por toda Europa.

La **Tinderblast** salió al mercado en 1940. Fabricada por Ellerby y Spudmore, una empresa de la Selva Negra, la Tinderblast es una escoba muy resistente, aunque nunca ha alcanzado las velocidades de las Cometas

o las Barredoras. En 1952, Ellerby y Spudmore sacó un nuevo modelo, la **Swiftstick**. Es más veloz que la Tinderblast, pero tiende a perder potencia en los ascensos y los jugadores profesionales de quidditch no la han utilizado nunca.

En 1955, Universal Brooms Ltd. introdujo en el mercado la **Shooting Star**, la escoba de carreras más barata hasta la fecha. Desgraciadamente, después de su inicial estallido de popularidad, se descubrió que perdía velocidad y altura con el paso de los años, y Universal Brooms tuvo que cerrar en 1978.

En 1967, el mundo de las escobas se convulsionó con la aparición de la Nimbus Racing Broom Company. Nunca antes se había visto algo como la **Nimbus 1000**. Alcanzaba velocidades superiores a los ciento sesenta kilómetros por hora, era capaz de girar 360 grados sobre sí misma en el aire y combinaba la seguridad de la antigua Oakshaft 79 con la facilidad de manejo de las mejores Barredoras. La Nimbus se convirtió inmediatamente en la escoba preferida por los equipos profesionales de quidditch de Europa, y los siguientes modelos (1001, 1500 y 1700) han mantenido a la Nimbus Racing Broom Company como la mejor en su terreno.

La **Twigger 90** empezó a ser fabricada en 1990 por Flyte y Barker con la intención de arrebatar a la Nimbus el liderazgo del mercado. Sin embargo, aunque tenía un buen acabado e incluía muchos accesorios nuevos, como un timbre de serie y un cepillo con sistema antiturbulencias, resultó que la Twigger se combaba al volar a gran velocidad y se ha ganado la desgraciada reputación de ser usada por magos con más galeones que sentido común.

Capítulo 10

El quidditch
en la actualidad

El juego del quidditch sigue fascinando y obsesionando a gran cantidad de fanáticos de todo el mundo. En la actualidad, todo aquel que compre una entrada para un partido de quidditch puede estar seguro de que será testigo de una sofisticada contienda entre pilotos muy cualificados (a menos, por supuesto, que la snitch sea capturada en los primeros cinco minutos de partido, en cuyo caso todos nos sentimos ligeramente estafados). Nada lo demuestra mejor que las difíciles jugadas que durante su larga historia han inventado magos y brujas ansiosos de perfeccionarse y de perfeccionar el juego. Algunas de esas jugadas se explican a continuación.

Amago de Wronski

El buscador cae como una roca hacia el suelo y finge que ha visto la snitch allá abajo, pero se eleva justo antes de colisionar contra el campo. Con ello se pretende que el otro buscador lo imite y se estrelle. Se llama así porque la inventó el cazador polaco Josef Wronski.

Bludger Backbeat

En esta jugada, el golpeador le pega a la bludger con un revés y la envía hacia atrás en lugar de hacia delante. Es difícil ejecutarla con precisión, pero resulta excelente para confundir a los adversarios.

Dopplebeater Defence

Ambos golpeadores le pegan a una bludger al mismo tiempo para obtener mayor potencia. Así, el ataque con la bludger resulta mucho más temible.

Double Eight Loop

Una táctica defensiva del guardián, que suele recurrir a ella cuando le tiran un penalti. Consiste en hacer molinetes alrededor de los aros a gran velocidad para bloquear la quaffle.

Finta de Porskov

El cazador que lleva la quaffle vuela hacia arriba y hace creer a los cazadores rivales que está tratando de escapar para marcar un tanto, pero entonces arroja la quaffle hacia abajo, a un cazador de su equipo que está esperando la pelota. Es esencial tener una coordinación milimétrica. Se llama así por la cazadora rusa Petrova Porskov.

Formación de ataque «cabeza de halcón»

Los cazadores se colocan imitando una punta de flecha y vuelan juntos en dirección a los postes. Sirve para in-

timidar al equipo adversario y apartar a los otros jugadores.

Parkin's Pincer

Se llama así en honor de los primeros jugadores de los Wigtown Wanderers, pues se cree que la inventaron ellos. Dos cazadores se acercan a un cazador adversario, uno por cada lado, mientras el tercero vuela hacia él o ella.

Plumpton Pass

Jugada del buscador: un cambio de dirección aparentemente no premeditado que sirve para enfundarse la snitch manga arriba. Llamada así en recuerdo de Roderick Plumpton, buscador de los Tutshill Tornados, que utilizó esa jugada en 1921, cuando batió el récord de la captura más rápida de una snitch. Aunque algunos críticos han afirmado que aquella captura fue accidental, Plumpton mantuvo hasta su muerte que lo había hecho a propósito.

Reverse Pass

Un cazador arroja la quaffle por encima del hombro a un miembro de su equipo. La dificultad está en la exactitud.

Sloth Grip Roll

Quedar colgado por debajo de la escoba, sin dejar de aferrarse fuerte con manos y pies. Se usa para evitar la bludger.

Starfish and Stick

Defensa del guardián. Éste mantiene la escoba horizontal con una mano y un pie curvados alrededor del mango, al mismo tiempo que mantiene las otras extremidades extendidas (véase la figura G). No es aconsejable hacer esta jugada sin agarrarse bien al palo.

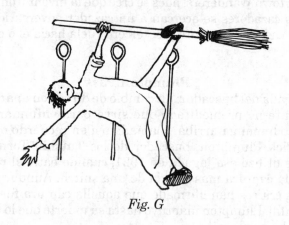

Fig. G

Transylvanian Tackle

Se vio por primera vez en el Mundial de 1473 y consiste en lanzar un puñetazo a la nariz pero sin llegar a darlo. Mientras no exista contacto, esta jugada no es ilegal, pero es difícil retirarse a tiempo cuando ambas partes están montando las escobas a gran velocidad.

Woollongong Shimmy

Perfeccionado por el equipo australiano Woollongong Warriors, éste es un movimiento que consiste en zigzaguear a gran velocidad para derribar a los cazadores contrarios.

No cabe duda de que el quidditch ha cambiado mucho desde que Gertie Keddle vio por primera vez a «esos zopencos» en el pantano Queerditch. Quizá si viviera hoy, ella también se entusiasmaría con la poesía y la fuerza del quidditch. ¡Ojalá el juego continúe evolucionando y ojalá las futuras generaciones de brujas y magos disfruten de este juego, el más glorioso de los deportes!

Acerca del autor

Kennilworthy Whisp es un reconocido experto en quidditch (además de un fanático, según sus propias palabras). Es autor de numerosas obras relacionadas con el quidditch, tales como *Los asombrosos Wigtown Wanderers*, *Volaba como un loco* (una biografía de Dai *Peligroso* Llewellyn) y *Golpear las bludgers: un estudio sobre estrategias defensivas en el quidditch*.

Kennilworthy Whisp divide su tiempo entre su hogar en Nottinghamshire y «dondequiera que los Wigtown Wanderers jueguen esta semana». Sus aficiones incluyen el backgammon, la cocina vegetariana y coleccionar escobas clásicas.

COMIC RELIEF

Como explica Dumbledore en su introducción, el dinero obtenido con las ventas de este libro servirá para ayudar a la organización benéfica británica Comic Relief a financiar su importante labor de ayuda a los niños de toda África. En ese continente se encuentran los veinte países más pobres del mundo, donde más de trescientos millones de personas subsisten con menos de un dólar al día. Millones de niños viven en las calles de grandes ciudades de todo el mundo, y más de setenta y cinco millones no pueden ir a la escuela porque sus padres son demasiado pobres. Hasta aquí las malas noticias. La buena noticia es que, pese a esas cifras, las cosas mejoran poco a poco.

Desde 2001, los libros de J. K. Rowling para Comic Relief, *Quidditch a través de los tiempos* y *Animales fantásticos y dónde encontrarlos*, han recaudado más de veinte millones de euros, y esa cantidad ha permitido realizar cambios asombrosos en la vida de muchos niños. Durante ese período, otros cuarenta millones de los niños más pobres del planeta, que nunca habían tenido acceso a la educación, han podido empezar la escuela primaria, y el dinero recaudado con las ventas de estos libros ha contribuido a ese logro.

Y como tú has comprado este libro, quizá otra persona más podrá acceder a la educación y tener un futuro mucho más esperanzador. Gracias por comprarlo. Gracias por tu ayuda.

Para saber más sobre cómo puedes ayudar a los niños de África y de otras partes del mundo, visita la página www.comicrelief.com.